07.04.13.

A Etienne, grâce à qui j'ai connu Maureen et ses textes. Et à Maureen, pour son peps et sa gentillesse. Agnès

Pour Léonard, le seul et unique bisoutier de mon quartier. Maureen

Les ZYGOmots

Maureen Dor - Agnès Perruchon

Vol à la BiSouterie

Les éditions Clochette

BISOUTERIE

Léonard Crupet est un gentil monsieur à l'oeil vif et au sourire coquin qui connaît tout le monde à Flori-le-Madec, village où il exerce le beau métier de bisoutier.

À Flori-le-Madec,
les bisous s'achètent, ils ne se donnent pas.
On se dit bonjour avec un clin d'œil et on
se chatouille pour se montrer son affection.
Mais le jour où on est amoureux,
on pousse la porte de la bisouterie. C'est pour cela
que Léonard connait tout le monde dans le village.

Il fait un clin d'oeil aux vieilles mamies qui sont venues
lui acheter leur premier bisou il y a si longtemps,
il chatouille les amoureux qu'il voit souvent dans sa boutique
et il conseille aux enfants d'économiser pour acheter de gentils bisous
pour leurs parents.

Dans la région, c'est lui
qui vend les meilleurs bisous :
ils sentent toujours bon, ils sont moelleux
à souhait, légers comme des ailes de papillons ou
claquants comme des fouets. Ils sont parfaits !

Celui qui a goûté
à la douceur d'un bisou dans le cou,
d'un bisou enflammé sur la bouche
ou d'une cascade de bisous sur le visage
et dans les cheveux est pris au piège du magasin de Léonard.

Mais un matin,
alors que le village dort encore,
un hurlement se fait entendre
à travers la grand-rue.

AU VOLEUR !
AU VOLEUR !

C’est Léonard Crupet, en pyjama et sans chausson,
qui court dans tous les sens en agitant les bras.
La devanture de son magasin a volé en éclats
et il ne reste plus rien dans la vitrine.

En apprenant la nouvelle,
la jolie Capucine,
qui comptait offrir
son premier bisou d'amour,
se met à pleurer.

Comme le jeune Merlin
qui avait économisé
toute l'année pour offrir
un joli bisou à son papa
pour la fête des pères.

Et la pauvre Angèle
qui devait recevoir un gros bisou
pour son beau bulletin ?

Mais la plus triste,
c'est mamie Suzanne
qui ne recevra plus
de bisous baveux
de son petit-fils Antoine.

C'est alors que quelqu'un remarque
une feuille de papier épinglée
sur le velours de la boîte vide
du plus beau bisou du bisoutier.

- Les bisous, se lamente Léonard,
plus personne n'en aura
si on ne les retrouve pas.

Et tous les villageois,
même ceux qui viennent
de se réveiller, se mettent
à chercher le voleur de bisous.

Le gros Marcel
a sorti ses jumelles,
le jeune Achille,
son filet à papillons,
le père Nicolas suit son bâton
de sourcier pendant que Mia
et Matéo grimpent au grenier.

Deux heures plus tard, quand les villageois se retrouvent devant la mairie, le voleur est resté introuvable. Dans les bras de sa maman, un bébé s'est mis à pleurer et, malgré les chatouilles de celle-ci, il continue de sangloter.

Alors, est-ce le mot laissé par le voleur,
la disparition des bisous ou la fatigue ?
Nul ne le saura jamais mais cette maman
fait une chose impensable
il y a encore quelques heures à Flori-le-Madec :

elle pose un bisou léger
sur le front de son enfant.

Et les pleurs diminuent. Elle le couvre de bisous doux
et les sanglots s'arrêtent complètement !

Du coup, les amoureux s'embrassent
sur la bouche, les voisins se claquent la bise
et les parents enlacent leurs enfants.
Léonard Crupet, lui, a la tête basse et le cœur en berne.
Il sait bien qu'à partir de maintenant il n'y aura plus de bisouterie
à Flori-le-Madec. Et c'est le maire qui vient lui faire un gros câlin.

Mais Léonard est un homme chanceux.
Alors qu'il voit s'enfuir son commerce
de bisous, voilà qu'il trouve dans
le ruisseau du fond de son jardin
un tas de cailloux brillants.

Et ces cailloux brillants,
il décide d'en faire...

des BIJOUX.

Ainsi, il n'a qu'une
seule lettre à changer à
la vitrine de son magasin
pour que sa bisouterie
devienne une bijouterie et, lui,
un bijoutier qui vend des bijoux.
Il est persuadé que ça va marcher.

CHANSON

(M.Dor / J.Dédina)

Vol à la Bisouterie

Dans la grand-rue de mon village
Y a qu'une boutique où j'veux aller
C'est pas celle qui vend du fromage
C'est pas non plus le cordonnier
C'est la bisouterie de Léonard Crupet
Cette bisouterie, est-ce que tu la connais?

REFRAIN
Elle vend
Des bisous croquants et des bisous baveux
Des bisous légers, des bisous d'amoureux
Des bisous timides qu'on n'ose pas donner
Des bisous humides qui laiss' la joue mouillée (beurk)

Un bisou pour la fêt' des mères
Deux bisous pour les jeunes mariés
C'est vrai que les bisous sont chers
Interdiction de les donner
A la bisouterie de Léonard Crupet
Cette bisouterie, est-ce que tu la connais?

REFRAIN
Elle vend
Des bisous croquants et des bisous baveux
Des bisous légers, des bisous d'amoureux
Des bisous timides qu'on n'ose pas donner
Des bisous humides qui laiss' la joue mouillée (beurk)

Quand le voleur les a tous pris
Qu'il s'est enfui au p'tit matin
On l'a cherché ce malapris
Il avait vidé les recoins
De la bisouterie de Léonard Crupet
Cette bisouterie, est-ce que tu la connais ?

REFRAIN
Elle vendait
Des bisous croquants et des bisous baveux
Des bisous légers, des bisous d'amoureux
Des bisous timides qu'on n'ose pas donner
Des bisous humides qui laiss' la joue mouillée (beurk)

REFRAIN bis
Et maintenant elle vend
Des bijoux en or, des bijoux en argent
Des bijoux discrets et des bijoux clinquants
Des boucles d'oreilles à mettre à son oreille
Des bagues, des colliers qu'il va falloir acheter

© Les éditions clochette, 2011 - 4, rue Paul Bert - 92150 Suresnes
Illustrations de Agnès Perruchon

Conforme à la loi n°49-956 du 16 juillet 1949 sur les publications destinées à la jeunesse.
N°Éditeur : 2-35450 / ISBN : 9782354501778 / Dépôt légal : juin 2011 / Imprimé en Belgique / conception graphique : amarantedesign

bisou papillon

bisou masqué

bisou d'amour

bisou de bébé